Dieses Buch gehört

© Indra Ohlemutz

Kirsten Boie, 1950 in Hamburg geboren, ist eine der renommiertesten deutschen Kinder- und Jugendbuchautorinnen. Für ihr Gesamtwerk wurde sie mit dem Sonderpreis des Deutschen Jugendliteraturpreises geehrt. Darüber hinaus engagiert sich die promovierte Literaturwissenschaftlerin mit großem Einsatz auf dem Gebiet der Leseförderung. Für ihr Engagement für die deutsche Kinder- und Jugendliteratur wurde ihr 2019 die Hamburger Ehrenbürgerwürde verliehen.

© Stefan Weimbs

Nadine Reitz, geb. 1976, verbrachte ihre Kindheit im beschaulichen Vehlefanz, umgeben von Wiesen, Feldern, Tieren und verzauberten Orten. Schon als kleines Mädchen war sie fasziniert von Papier, Stiften und Farben und träumte davon, Bilder für Kinderbücher zu malen. Seit 2011 arbeitet sie als freie Illustratorin und Grafikerin. Heute lebt sie mit ihrer Familie und drei flauschigen Katern am schönen Niederrhein.

Kirsten Boie

Abenteuer im Möwenweg

Wir spielen im Schnee

Bilder von Nadine Reitz
nach Figuren von Katrin Engelking

Verlag Friedrich Oetinger · Hamburg

Inhalt

Ich heiße Tara,
und das sind meine beiden Brüder.
Petja finde ich manchmal
nicht so praktisch.
Der will nämlich meistens
alles bestimmen.

Und mit Maus kann man leider
nicht so viel anfangen.
Der geht noch nicht mal in die Schule.

Wir wohnen alle im Möwenweg in einem Reihenhaus. Und meine beste Freundin Tieneke wohnt zwei Häuser weiter.

Neben Tieneke wohnen meine zweitbesten Freundinnen Fritzi und Jul.

Will jemand noch die Jungs wissen?
Das sind Vincent und Laurin,
die wohnen im Endhaus.
Vincent ist sehr schlau,
und Laurin ist sehr frech.
Da ist es doch gut aufgeteilt.

Bei uns im Möwenweg
ist es am allerschönsten
auf der ganzen Welt.

1. Der erste Schnee

Am Freitag hat es
angefangen zu schneien!
Wir waren gerade
mit dem Auto unterwegs.

Die Flocken sind immer größer
geworden und das Schneetreiben
immer dichter.
Papa hat den Scheibenwischer
eingeschaltet, dass er immer so
hin- und hergewitscht ist.

Als wir zu Hause aus dem Auto
gestiegen sind, lag der Schnee
schon richtig hoch.

Michael hat mit seinem
Schneeschieber den Gehweg
vor Fritzis und Juls Garten
freigeschippt.

»Los, los, Herr Nachbar!«,
hat er gerufen.
»Keine Müdigkeit vorschützen!«

»Dann muss ich mich wohl
auch mal an die Arbeit machen«,
hat Papa gesagt
und ein bisschen geseufzt.
»Ich helf dir!«, hab ich gerufen.
»Ich kann ja fegen!«

Und gerade als ich mir den Besen
geschnappt habe, ist Tieneke auch
nach draußen gekommen.
Sie wollte natürlich auch Schnee
fegen.

Da war ganz schnell
ein ziemliches Gedrängel
vor unserer Reihe.
Natürlich haben Fritzi und Jul
ihrem Vater auch geholfen.

Tienekes Mutter und Vater
haben auch geschippt.
Maus durfte auch noch aufbleiben.

Und sogar Vincent und Laurin
sind plötzlich aufgetaucht.
Obwohl sie sonst immer
so früh ins Bett müssen.
Wir haben also alle
ordentlich geschuftet,
aber es hat trotzdem
ziemlichen Spaß gemacht.

Tieneke und Fritzi und Jul und ich
haben sogar noch
für Oma und Opa Kleefeld
vor ihrem Garten geschaufelt.
Für alte Leute muss man
das tun, finde ich.
Und außerdem hat es
Spaß gemacht.

»Wir haben hier doch wirklich
die nettesten Kinder
von ganz Europa,
findest du nicht auch, Ursel?«, hat
Opa Kleefeld zu Oma Kleefeld gesagt.
Er musste ja gar nichts tun.

Er hat nur am Zaun gestanden
und zugeguckt,
wie wir gearbeitet haben.

Als unsere Finger
so kalt waren, dass wir
keine Lust mehr hatten,
sind wir nach drinnen gegangen.

Es war schon fast zehn Uhr!
Drinnen hat Mama
Petja und Maus und mir
noch ein warmes Fußbad gemacht.

Obwohl es schon so spät war!
Aber sie hat gesagt,
mit kalten Füßen
schläft niemand gut.

Aber mit warmen Füßen
schläft man sehr gut!
Das weiß ich jetzt genau.

Weil ich mich nämlich
in der Küche auf einen Küchenstuhl
gesetzt und meine Füße
in Mamas rosa Wischeimer
gesteckt habe.

Und dann bin ich plötzlich aufgewacht
und war bei Papa auf dem Arm,
und er hat mich
hoch in mein Bett getragen.
»Schlaf weiter,
meine kleine Schlafmaus!«,
hat Papa geflüstert.
Und das hab ich auch getan.

2. Schnee-Engel

Als ich am Samstag
aufgewacht bin,
hab ich als Erstes
aus meinem Fenster geguckt.

Das geht ja
nach hinten raus
auf die Gärten.
Und die haben so schön ausgesehen!

Ich hab mich
blitzschnell angezogen und
bin zu Tieneke rübergeflitzt.

»Lass uns Schneebälle machen!«,
hab ich gesagt.
»Dann können wir
eine Schneeballschlacht
gegen die Jungs machen!«

Aber Tieneke hat gesagt, sie muss
zuerst noch Wuschelchen und
Puschelchen füttern.

Die sind bestimmt
ganz erstaunt, dass die Welt
plötzlich so weiß aussieht.

Kaninchen kennen sich
mit Winter ja nicht so aus.

Wir sind also durch ihren Garten
zum Kaninchenkäfig gegangen.
Aber nicht einfach so mittendurch.

Tieneke wollte nämlich nicht,
dass wir den ganzen schönen
Schnee kaputt machen.
Darum ist Tieneke vorgegangen,
und ich bin immer
in ihre Fußstapfen getreten.
So gab es ja nur eine Spur.

»Glaubst du, Puschelchen und Wuschelchen möchten auch mal kurz im Schnee spielen?«, hat Tieneke gefragt.

Ich hab gesagt, ich glaube, sie erschrecken sich dann nur, weil es so kalt ist. Da haben wir es lieber gelassen.

Und gerade als wir wieder so ganz vorsichtig ins Haus zurückgehen wollten, sind Fritzi und Jul auf ihre Terrasse gekommen.

»Hallo, Tara! Hallo, Tieneke!«, haben sie gerufen.
»Wir wollten gerade Schnee-Engel machen!«, hat Jul gerufen.

Fußspuren machen den schönen Schnee ja kaputt, aber Schnee-Engel machen das nicht.

Darum hat Tieneke gesagt, gut,
wir können in ihrem Garten
auch welche machen.

Wie man Schnee-Engel macht,
weiß ja wohl jeder.
Man muss sich auf den Rücken in
den Schnee legen und immer so mit
den Armen an den Seiten auf und
ab wedeln und die Beine auseinander-
und zusammengrätschen.

Und wenn man aufsteht, sieht es aus,
als ob ein Engel im Schnee
gelegen hat.
Mit Kleid und Flügeln.

Als Tienekes Garten voller Engel war
und Fritzis und Juls Garten auch,
haben wir aufgehört.

Wir sind nach vorne gegangen,
um wenigstens noch ein paar
Schneebälle fertigzukriegen,
bevor die Jungs kamen.

Und dann ging es los.

3. Schneeballschlacht

Wir waren gerade mitten in der
schönsten Schneeballschlacht,
da ist plötzlich bei Fritzi und Jul
die Tür aufgegangen und Michael
ist nach draußen gekommen.

»Männer gegen Frauen!«,
hat er gerufen.
Und dann hat er sich
einfach zu den Jungs gestellt
und mitgemacht!

Als Papa uns aus
dem Küchenfenster gesehen hat,
ist er auch gekommen
und wollte mitmachen.

Aber da habe ich gesagt, dass es dann sechs Männer sind (eigentlich waren es ja zwei Männer und vier Jungs) und nur vier Mädchen, und das finde ich ungerecht.

»Dann brauchen die Frauen eben auch noch Unterstützung!«, hat Michael gerufen und ist ins Haus zurückgelaufen.

Papa hat Mama auch gefragt,
und dann ist zufällig sogar noch
die Mutter von Vincent
und Laurin vorbeigekommen.

Da waren wir Frauen
eine mehr als die Männer.
(Wir waren ja sieben, und sie waren
sechs.)
Aber sie haben sich nicht beschwert.

Nach einer Weile hatten die
Erwachsenen keine Lust mehr.
Beim Spielen haben sie ja
nie so viel Ausdauer.

Darum haben wir alle aufgehört
mit der Schneeballschlacht.

Vincent hat vorgeschlagen,
dass wir jetzt ja Schneemänner
bauen könnten.

»Wer den größten schafft!«,
hat er gerufen.
»Die Weiber gegen uns!«

4. Die Schneefrau

Die Jungs wollten ihren Schneemann auf dem Garagenplatz bauen, und wir wollten unseren an der Seite neben Kleefelds Grundstück bauen.

Wir haben drei große Schneekugeln gerollt, und dann haben wir sie aufeinandergestapelt.

Da hat es schon fast wie ein Schneemann ausgesehen. Tieneke ist zu sich nach drinnen geflitzt und hat gefragt, ob sie eine Möhre für die Nase haben kann.

Und ich hab nach Steinchen für die Augen und für den Mund gesucht. Zum Glück ist hinten in der Straße ja noch eine große Baustelle, da war das leicht.

Und Fritzi und Jul haben aus ihrem Schuppen wieder den Schneebesen geholt. Den sollte unser Schneemann in der Hand halten.

Aber als er fertig war, hat Jul gesagt,
irgendwas fehlt.
»Er ist so nackt!«,
hat sie gerufen.
»Bei der Kälte! Der arme Kerl!«
Fritzi hat gesagt, dass Schneemänner
immer nackt sind.

Aber da hat mich Tieneke angeguckt,
und ich hab Tieneke angeguckt.

Und dann ist sie noch mal zu sich
nach Hause geflitzt,
und ich bin zu uns geflitzt.
Tieneke und ich haben ja
so oft genau gleichzeitig
den gleichen Einfall.

Als Tieneke wiederkam,
hatte sie ihren gestreiften Schal
für den Schneemann dabei
und die gestreifte Mütze.

Und ich hatte meine schöne
Küchenschürze mit den Äpfeln geholt.
»Jetzt ist das aber kein Schneemann
mehr, jetzt ist das eine Schneefrau«,
hat Jul gesagt.
Sie hat ganz zufrieden geklungen.

»Das passt ja auch.
Die Jungs können meinetwegen
gerne einen Schneemann machen.«

Dann sind wir zum Garagenplatz
gegangen, um zu gucken,
wie der Jungs-Schneemann aussah.

Und da hatten die Jungs doch
tatsächlich längst aufgehört,
ihn zu bauen, und schon wieder eine
neue Schneeballschlacht angefangen!
Jungs mögen ja
immer so gerne kämpfen.

Sie sind dann aber mitgekommen,
um unsere Schneefrau anzugucken.
Und Petja hat gesagt,
alle Achtung, manchmal
sind die Weiber doch ganz tüchtig.

Aber dann hat Mama uns reingerufen,
und Petja und Maus und ich
mussten Mittag essen.
Ich war ganz froh, dass ich mal eine
kurze Schneepause machen konnte.
Meine Hände waren schon richtige
Eisklumpen.

5. Schlitten fahren

Beim Essen hat Mama gefragt,
warum wir denn noch gar nicht
gerodelt sind.

»Hinten auf der Baustelle
ist doch immer noch der Riesenhaufen
mit dem Bausand«, hat Papa gesagt.

»Das lohnt doch nicht!«,
hat Petja gerufen.
»So ein winziger Hügel!«

Das hat er sich nachher aber ganz schnell anders überlegt, als er gesehen hat, wie Tieneke und Fritzi und Jul und ich den Bausandberg runtergezischt sind. So ein hoher Berg war es vielleicht nicht, aber es ging trotzdem ganz gut.

Als es dunkel geworden ist,
mussten wir alle nach Hause gehen,
aber Petja und Maus und ich
haben noch eine Runde
Mensch, ärgere Dich nicht! gespielt.

Und was ist wohl passiert,
als wir uns gerade hingesetzt hatten,
um Abendbrot zu essen?

Es hat schon wieder
angefangen zu schneien!

»Ich fass es nicht!«, hat Papa gesagt.
»Das gibt ja noch eine richtige
Schneekatastrophe!«

Ich finde aber nicht, dass Schnee eine
Katastrophe sein kann.

»Ich geh dann wohl besser mal
Schnee schaufeln«, hat Papa gesagt.

Ich hab überlegt, ob ich ihm wieder helfen will, aber irgendwie hatte ich nicht so viel Lust wie am Abend davor. Ich hatte schon genug Schnee gehabt für einen Tag.

Papa hat gesagt, das macht nichts, er schafft es auch alleine.

Und als ich dann im Bett lag, bin ich auch ganz schnell eingeschlafen. Aber diesmal ohne meine Füße im Wischeimer, hihi.

Willkommen in der
LESESTARTER
Rätselwelt

Hast du Lust auf noch mehr Lesespaß?

Dann findest du hier viele tolle Rätsel und spannende Spiele. Auf der nächsten Seite geht es schon los!

Viel Spaß!

Lösungen auf Seite 56–57

LESESTARTER

Richtig oder falsch?

Kreuze an!

	richtig	falsch
Tieneke trägt eine rote Jacke.	☐	☐
Nach dem Schneeschaufeln war es schon fast 11 Uhr.	☐	☐
Fritzi und Jul holten den Besen für die Schneefrau.	☐	☐
Bei der Schneeball-schlacht waren es 7 Männer gegen 6 Frauen.	☐	☐
Taras Papa heißt Michael.	☐	☐

Du brauchst: Eieruhr

So geht's: Die erste Zahl verrät dir die Seitenzahl, die zweite das gesuchte Wort. Dies ist dein Schneekettenstart. Suche nun ein Wort aus dieser Geschichte, das mit dem letzten Buchstaben deines Startwortes beginnt. Stelle die Eieruhr auf 3 Minuten. Wenn du alleine spielst, versuche, dich von Kette zu Kette zu steigern. Spielst du mit einem Partner, nehmt ihr abwechselnd ein Startwort, und es gewinnt der mit der längsten Wortkette.

Beispiel: 17 13 = Arm → Maus → Schnee → Engel

12 5

17 10

28 8

7 5

Spiele alleine oder mit einem Partner.

Schneeketten

LESESTARTER

LESESTARTER

Wer bin ich?

Findest du heraus, wer hier spricht?

Ich wohne nicht im Endhaus.

Ich bin kein Erwachsener.

Ich gehe schon zur Schule.

Ich bin ein Mädchen.

Ich bin nicht blond.

Mein Papa trägt eine Brille.

Ich bin ___Tara___ .

Wie viele Vögel entdeckst du in der Geschichte?

6

Wie viele Kaninchen hat Tieneke?

1

Wie viele Haustüren haben die Reihenhäuser im Möwenweg?

Wie viele Fußbäder macht Mama?

Findest du die gesuchten Zahlen?

LESESTARTER

Schneemobile

Möchtest du, dass es vor deinem Fenster schneit?

Du brauchst:

1 Stückchen Ast, etwas Wolle, Nähgarn, Nadel, Papier, Schere und Klebefilm

So geht's:

1 Knote 2 Wollfäden an deinen Ast und binde sie in der Mitte zusammen, sodass du den Ast aufhängen kannst.

2 Schneide aus Papier kleine Schneekugeln.

3 Fädle ein Stück Nähgarn durch die Nadel und mache an das andere Ende einen Knoten.

4 Steche mit der Nadel durch eine Papierkugel und ziehe den Faden durch, bis sie am Knoten festsitzt.

5 Befestige nun noch mehr deiner Papierkugeln an diesem Faden. Du kannst mit der Nadel durch das Papier stechen, solltest den Faden aber zusätzlich mit Klebefilm befestigen.

6 Mache auf diese Weise mehrere unterschiedlich lange Schneeflockenschnüre.

7 Zum Schluss knotest du diese Ketten vorsichtig an deinem Ast fest.

8 Hänge dein Mobile ins Fenster.

Tipp: Wenn du magst, kannst du noch ein wenig Watte auf dem Ast verteilen.

LESESTARTER

Kreuz und quer durchs Buch

Löse die Suchaufgaben und sammle die gesuchten Wörter ein.

Suche das Vogelhäuschen neben Opa und Oma Kleefeld. Finde den Satz, der mit „D“ anfängt und nimm das 10. Wort.

Suche den Elch (Taras Kuscheltier). Nimm das Wort, mit dem der 2. Satz endet.

Entdeckst du die Katze im Buch? Suche das Wort, dass zwischen „Engel“ und „Schnee“ steht.

Auf welcher Seite sagt Papa: „Dann muss ich mich wohl auch mal an die Arbeit machen.“? Nimm das vorletzte Wort.

Suche die Küchenschürze mit den Äpfeln. Nimm das Wort, das hinter „jetzt“ steht.

Suche Tara und Tieneke als Schnee-Engel. Nimm das Wort mit „ö“, aber lasse die letzten beiden Buchstaben weg.

Lösungssatz:

Schneewörter

Erkennst du diese Schneewörter?

Schnee

l l

b

a

E l

g n

e

b Sch

r e

ie

Male drei aufeinandergestapelte Kreise. Der unterste Kreis muss der größte und der oberste der kleinste Kreis sein.

Male Augen und Mund in den obersten Kreis. Die Nase wird eine Möhre.

Male Arme und einen Besen an den mittleren Kreis.

Ziehe deine Schneefrau schön an.

Hier ist viel Schnee gefallen. Kannst du die Malanleitung trotzdem lesen?

Schneefrau

LESESTARTER

Schneeballschlacht

Spiel für zwei! Wer landet die meisten Treffer?

Ihr braucht: 1 Würfel, 2 Spielfiguren, 5 Wattekügelchen, Zeitungspapier, Zettel, Stift

Vorbereitung: Formt aus etwas Watte (oder Papier) 5 winzig kleine Schneebälle und verteilt sie auf dem Spielplan.
Zerknüllt das Zeitungspapier und drückt es so zusammen, dass ihr schöne Papierschneebälle bekommt.
Jeder darf sich 3 Schneebälle machen.
Spiel: Stellt eure Spielfiguren auf „Start“ und würfelt abwechselnd. Landet einer von euch auf einem Schneeballfeld, nehmt ihr das Wattekügelchen weg und dürft euch nun mit euren großen Papierschneebällen bewerfen. Jeder hat 3 Versuche, seinen Gegner zu treffen. Notiert eure Treffer und würfelt weiter. Es gewinnt der Spieler, der die meisten Treffer gelandet hat, wenn alle Schneebälle vom Spielfeld eingesammelt wurden.

START

Spuren im Schnee

Zu wem gehören diese Spuren? Verbinde!

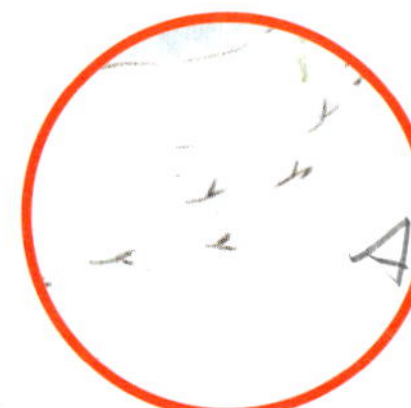

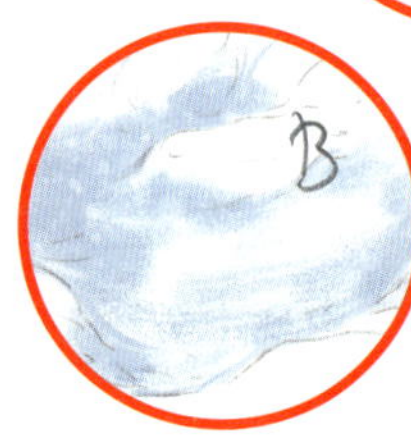

Wo wird gerodelt?	Win	Am Bausandberg
	Han	Am Rodelhügel
Wer macht Schnee-Engel?	sar	Laurin und Vincent
	ter	Fritzi und Jul
Wer ist Papas „kleine Schlafmaus"?	sp	Tara
	st	Maus
Wer hat oft genau den gleichen Einfall?	ck	Petja und Vincent
	aß	Tara und Tieneke

Lösungswort: ☐ ☐ ☐ ☐

Taras Quiz

LESESTARTER

LESESTARTER

Lösungen

Alle Rätsel gelöst? Hier findest du die richtigen Antworten.

Seite 51 · Schneefrau

Male drei aufeinandergestapelte Kreise. Der unterste Kreis muss der größte und der oberste der kleinste Kreis sein. Male Augen und Mund in den obersten Kreis. Die Nase wird eine Möhre. Male Arme und einen Besen an den mittleren Kreis. Ziehe deine Schneefrau schön an.

Seite 54 · Spuren im Schnee

Vogel
Tara
Schlitten
Katze

Seite 55 · Taras Quiz

Winterspaß

Seite 42 · Richtig oder falsch?
Richtig
Falsch
Richtig
Falsch
Falsch

Seite 44 · Wer bin ich?
Ich bin Tara.

Seite 45 · Zahlenrätsel
6 Vögel
2 Kaninchen
6 Haustüren
3 Fußbäder

Seite 48–49 · Kreuz und quer durchs Buch
Ein Tag im Schnee ist schön.

Seite 50 · Schneewörter
Schneeball
Schnee-Engel
Schneeschieber

LESESTARTER
2. Lesestufe

Spannung, Spaß und Abenteuer!

Erhard Dietl
Die Olchis
und die große Mutprobe
ISBN 978-3-7891-1095-5

Bjarne Blomkvist
Ein Fall für 3.
Ein rätselhafter Einbruch
ISBN 978-3-7891-1207-2

Salah Naoura
Superhugo startet durch!
ISBN 978-3-7891-1266-9

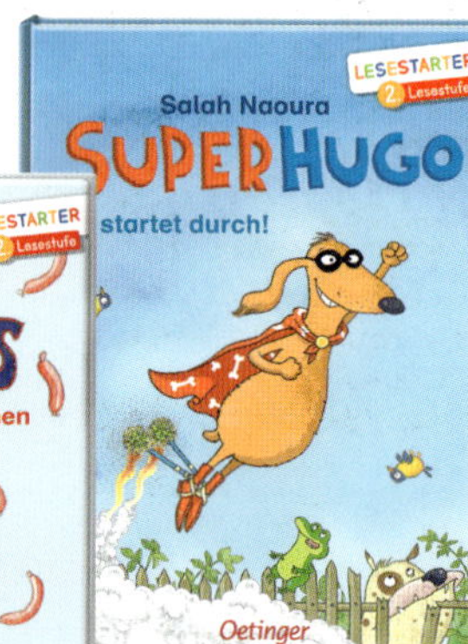

Paul Maar
Das Sams und
die Wunsch-Würstchen
ISBN 978-3-7891-1102-0

Oetinger

Weitere Informationen unter **www.oetinger.de**

Beste Freunde halten immer zusammen

LESESTARTER 2. Lesestufe

Kirsten Boie
Abenteuer im Möwenweg. Wir bekommen Kaninchen
ISBN 978-3-7891-1098-6

Kirsten Boie
Abenteuer im Möwenweg. Wir reißen aus
ISBN 978-3-7891-1099-3

Astrid Lindgren
Kindertag in Bullerbü
ISBN 978-3-7891-1096-2

Cornelia Funke
Dicke Freundinnen
ISBN 978-3-7891-1108-2

Oetinger

Weitere Informationen unter **www.oetinger.de**

MIX
Papier aus verantwortungsvollen Quellen
FSC® C002795

2. Auflage

Einband- und Reihengestaltung von Andrea Pieper
Begleitmaterial von Alexandra Hanneforth
Druck und Bindung: Livonia Print SIA,
Jūrkalnes iela 15/25, LV-1046, Riga, Lettland
Printed 2021
ISBN 978-3-7891-1485-4

www.kirsten-boie.de
www.moewenweg-stiftung.de
www.oetinger.de